Claudia
szenario:
pat mills
zeichnung:
franck tacito

GIPPESWICK, ENGLAND, 2002.
ICH KANN'S KAUM ERWARTEN, ES MEINER MUTTER ZU ERZÄHLEN!
BIS SPÄTER, MACH'S GUT, CARLY.
MAMA? STELL DIR VOR! JIM HAT MICH GEBETEN, IHN ZU HEIRATEN!
UND ICH HAB JA GESAGT! ICH HAB JA GESAGT!
WIR WAREN HEUTE MORGEN JOGGEN, UND ALS WIR AUF DER WACKLIGEN INDIANA-JONES-BRÜCKE ANKAMEN, HAT ER MIR EINEN RICHTIGEN ANTRAG GEMACHT!

SOGAR GEKNIET HAT ER VOR MIR! ES WAR RICHTIG ROMANTISCH!
UND ER WILL DIE LEITUNG DES SPORT-CENTERS ÜBERNEHMEN, WENN NICK AUFHÖRT. WIR KÖNNTEN ALSO EIN DARLEHEN FÜR EIN HAUS BEKOMMEN!
BUENA VISTA
IST DAS NICHT HERRLICH, MAMA?
ICH HAB MEIN DIPLOM FRISCH IN DER TASCHE ...
... UND BIN NOCH NICHTMAL EINUNDZWANZIG!
MAMA? ... BIST DU WACH?
M...MAMA?
AAAAAHH!!!

RESPEKT! DEINE MUTTER HATTE VERBINDUNGEN!
CARLY, MEINE LIEBE!
DANKE, DASS SIE GEKOMMEN SIND, HERR OBERST ...
...UND DASS SIE MIT DR. MCSHANE GESPROCHEN HABEN. ICH HÄTTE NICHT GEWUSST, WAS ICH TUN SOLL, WENN DIE ZEITUNGEN WAS ERFAHREN HÄTTEN.
WAR DOCH SELBSTVERSTÄNDLICH. SIE HÄTTEN GESCHMACKLOSES ZEUG VERBREITET. "HERZVERSAGEN" MACHT SICH BESSER AUF DEM TOTENSCHEIN ...
...ALS "SPONTANE MENSCHLICHE SELBSTENTZÜNDUNG".
DAS IST JIM, MEIN VERLOBTER, UND TRACY, DIE CHEFFRISEURIN IN MAMAS SALON.
ACH, SIE HABEN MIR GLAUBE ICH MAL DIE HAARE GEMACHT, MEINE LIEBE.
JA, STIMMT, MRS. OGILVY.
SIR CECIL MOLSON. LORD VICTOR BRADLEY. DIE HAMILTON-MARSHALS. UND MEIN SOHN GASPARD.
WIR HABEN DEINE MUTTER GUT GEKANNT, CARLY.
SEHR GUT.
4

SCHÖN, DICH WIEDERZUSEHEN, CECIL, WENN AUCH AUS SO TRAURIGEM ANLASS.
TRAURIG, WIE WAHR. WO FINDEN WIR WIEDER EINE SO GUTE WÄCHTERIN WIE CLAUDIA?
STIMMT. WIE GEHT'S DIR ÜBERHAUPT, CECIL? UND DEINEM SABBERMAUL?
MEINST DU MEINEN PIMMEL? ODER DEN BISCHOF?
ABER ES GEHT BEIDEN GUT, DANKE.
FREUT MICH ZU HÖREN. SCHLIESS-LICH WARST DU EIN PFEILER DER GESELLSCHAFT IN CAMBRIDGE.
WENN DU IN DEINEN MEMOIREN AUCH NUR EIN WORT DAVON AUSPLAUDERST, VERKLAGE ICH DICH!
HÖRT ENDLICH MAL AUF, IHR BEIDEN!
EIGENTLICH MÜSSTE DAS KREMATORIUM UNS RABATT GEBEN. IHR JOB IST DOCH SCHON HALB ERLEDIGT.
VICTOR!
WIR SINGEN JETZT CLAUDIAS LIEBLINGSCHORAL:
DIE HYMNE AN PAN.
lustvoll durchzucke dich schauder des lichts, o mensch! mein mensch! eile herbei aus der nacht des pan! io pan! io pan! io pan! eile herbei über das meer aus sizilien, aus arkadien! schweifend wie bacchus, mit faunen, leoparden und nymphen und satyrn als geleit ...
... komm, oh komm! ich bin wie starr von einsam lüsterner begier nach dem teufelsreich!
WAS FÜR EIN BIZARRER CHORAL!
ABER WIRKLICH. IN MEINER KIRCHE SINGEN SIE SOWAS NICHT.
die grossen bestien kommen, o pan! es trägt in den tod mich des einhorns horn. ich bin pan! o pan! pan! pan!
5
only devil can judge me

AUF WIEDERSEHEN, CLAUDIA.
von sonnenwende bis äquinox ohne unterlass rase ich, wüte ich, vergewaltige und zerreisse ich.
ziege deiner herde, ich bin gold, ich bin gott, fleisch deinen knochen, blüte deinem stab!
HAB KEINE ANGST UM DEINE MUTTER, MEINE LIEBE ...
... SIE KEHRT HEIM, ZU SICH.
CLAUDIA
I am burning in hell

DIE FLAMMEN DES LIMBUS VERSCHLINGEN MICH!
ABER ICH WERDE SIE VERSCHLINGEN!
DENN ICH GEHE DEN ZEITENWEG ZURÜCK ...
UND DURCHSCHLAFE DIE JAHRE, WIE LORD MORTIS ES MICH GELEHRT HAT, BIS ...
... ICH WIEDER JUNG SEIN WERDE!

DIE FLAMMEN LICHTEN SICH. ICH EILE AUF AUFERSTEHUNG ZU ... WO ALLES **UMGEKEHRT** IST ... LAND, WO AUF DER ERDE WASSER WAR ...
... GANZ WIE LORD MORTIS BESCHRIEB, ALS ER DURCH DIE HÖLLENPFORTE HERVORKAM.
HIER WERDE ICH **JEMAND** SEIN. NICHT NUR HÜTERIN DER PFORTE.
JA ... DIES IST DIE HEIMAT, WO ICH HINGEHÖRE!

WAR
ALIENS OR COMMIES ?
UFO CRASH
ON ROSSVILLE
SOWAS HABE ICH SEIT MEINER TEENIEZEIT IN DEN FÜNFZIGERN NICHTMEHR GETRAGEN ...
... EHE ES MICH IN DIE BEATSZENE UND DIE KUNSTSCHULE VERSCHLUG ...
... UND ICH VON DEN "REINEN" REKRUTIERT WURDE.
OH HAPPY DAYS!
ACH, A PROPOS HAPPY DAYS ...
DAS DA SIEHT NACH EINEM SCHWER ÖDEN NEST AUS!
COMMIES AND NIGGERS NOT ALLOWED HERE
UFO MENACE
9

DIE EINWOHNER SIND IN ZOMBIES VERWANDELT WORDEN. ZWAR SEHEN SIE JETZT VERBLÖDET AUS, TROTZDEM IST ES EINE VERBESSERUNG.
Ken's HOT DOGS
HE, KLEINER! WAS WAR DENN HIER LOS?
OCH, MISS, SO GENAU WEISS DAS KEINER. SHERIFF KEARNEY MEINT ABER, DAS KOMMT VON DEM ALIEN-RAUMSCHIFF, WAS HIER REINGEBRETTERT IST!
ER SAGT, DESHALB HAT DIE REGIERUNG ROSSVILLE BOMBARDIERT, DAMIT KEINER VON DEN FIESEN ALIENS ENTKOMMT.
UND DESHALB MUSSTET IHR AUCH ALLE STERBEN?
NA LOGO, MISS! DAS IST UNSERE PFLICHT ALS AMERIKANISCHE PATRIOTEN! DIE DEMOKRATIE IN DER WELT ZU SICHERN!
JAJA, SCHON KLAR. AUGENBLICK NOCH, KLEINER, ICH HAB WAS FÜR DICH.
WAS DENN, MISS?
CALIFORNIA

JETZT RENNT DOCH NICHT WEG! HABT IHR SCHON AN EURE RENTEN GEDACHT?
AN DER TÜR STEHT "GESCHLOSSEN". KÖNNEN SIE NICHT LESEN?
AAACH! DAS ARME HÄSCHEN!
NIMM ABER VORHER DEIN KAUGUMMI RAUS, WENN DU MIT IHM RUMSCHWEINEN WILLST!
WAS? WIESO, PEGGY, ER SAGTE DOCH, ICH SOLL BLASEN?
DAS IST SEHR NETT VON MIR, MARY SUE, DASS ICH DIR HELFEN WILL, DEINE JUNGFRÄULICHKEIT LOSZUWERDEN!
WIRKLICH, MARY SUE. DIE MEISTEN JUNGS SIND NICHT SCHARF AUF JUNGFRAUEN.
PEGGY, MEINST DU WIR BRAUCHEN EIN TELEFON AM BETT? DASS WIR NOTFALLS DAS KRANKENHAUS ANRUFEN KÖNNEN?
JA, WÄR GESCHEITER. FÜR FALLS ER HINTERHER IN DIR STECKENBLEIBT.
AAACH, DAS ARME HÄSCHEN!
KLAR, MANN. ACHTZEHN IST GENAU DAS RICHTIGE ALTER, SICH UM SEINE RENTE ZU KÜMMERN.
SCHA-HATZ, ICH BIN WIEDER DA-HA!
HALTET IHR JETZT ALLE MAL DIE KLAPPE?! WIR SIND TOT! EURE RENTEN, LOVER, FREUNDINNEN, FRAUEN SIND TOTAL EGAL!
UNSER LEBEN AUF DER ERDE IST AUS, FERTIG, ENDE! BEGREIFT DAS ENDLICH!
ÜBRIGENS, WOODY, WEISS EIGENTLICH DEINE MUTTER, DASS DU IM SALON KITTY RUMMACHST?
DA ... DAS IST, WAS ZÄHLT! DIESES UFO!
UND DASS DIE REGIERUNG ES ZUM TEUFEL BOMBTE, UND UNS DAZU ...
... FÜR DEN FALL, DASS DIE ALIENS UNS MIT WAS ANGESTECKT ODER UNS ZU ALIENS GEMACHT HÄTTEN!
11

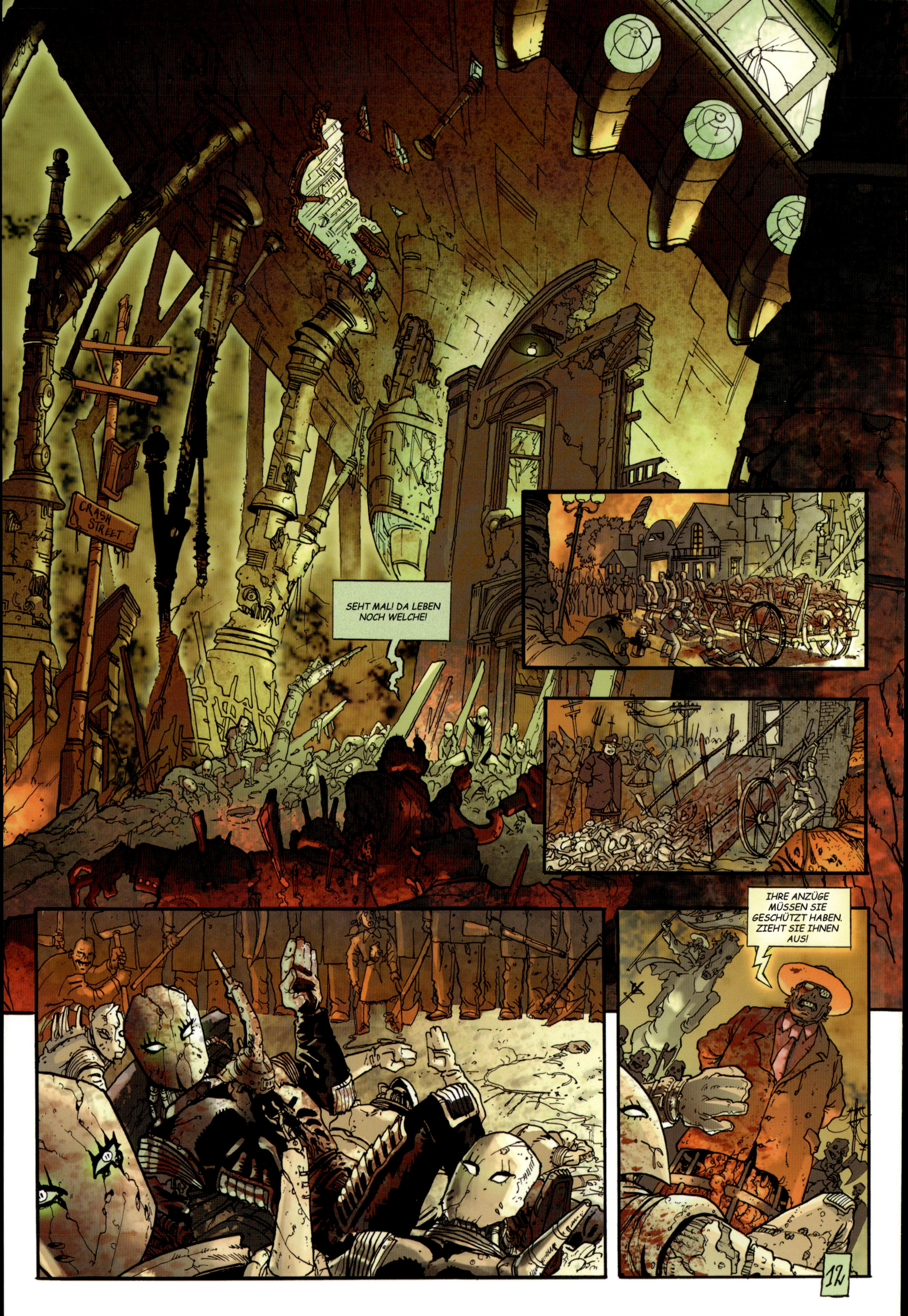
CRASH STREET
SEHT MAL! DA LEBEN NOCH WELCHE!
IHRE ANZÜGE MÜSSEN SIE GESCHÜTZT HABEN. ZIEHT SIE IHNEN AUS!

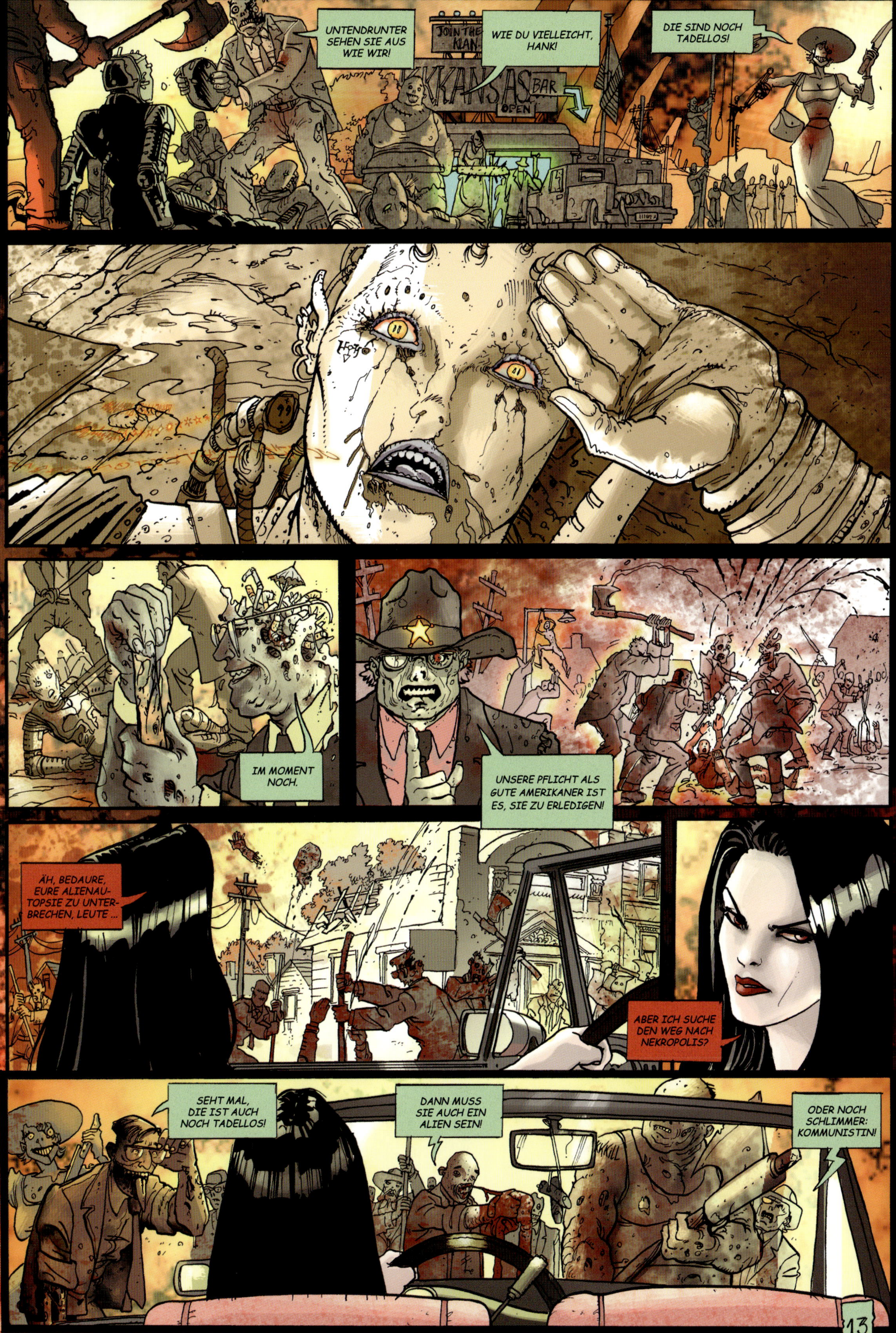

UNTENDRUNTER SEHEN SIE AUS WIE WIR!
JOIN THE KLAN
WIE DU VIELLEICHT, HANK!
ARKANSAS
BAR
OPEN
DIE SIND NOCH TADELLOS!
IM MOMENT NOCH.
UNSERE PFLICHT ALS GUTE AMERIKANER IST ES, SIE ZU ERLEDIGEN!
ÄH, BEDAURE, EURE ALIENAUTOPSIE ZU UNTERBRECHEN, LEUTE ...
ABER ICH SUCHE DEN WEG NACH NEKROPOLIS?
SEHT MAL, DIE IST AUCH NOCH TADELLOS!
DANN MUSS SIE AUCH EIN ALIEN SEIN!
ODER NOCH SCHLIMMER: KOMMUNISTIN!

DA BIST DU ABER SEHR AUF DEM HOLZWEG ...
ICH BIN VAMPIRIN!
HOTEL KKKALIFORNIA
KKRRRRRR!!!!
POW!
WAREN DAS FEIGE SAFTSÄCKE GEWESEN AUF ERDEN! NIE DIE REGELN VERLETZT, NIE WAS RISKIERT, IMMER BRAV GETAN, WAS MAN IHNEN SAGTE ...
14

... ICH WAR DA GANZ ANDERS ...
... MIT 16 IM JUGENDKNAST, WEIL ICH EINEM FLEGEL MIT EINER SCHERBE DAS GESICHT RUNDERNEUERT HATTE.
POW!
POW!
ABER DAS WAR NUR DER ANFANG.
POW!
POW
POW
PO
P
DIE HIER DAGEGEN HABEN SINNLOSE SPIESSERLEBEN GEFÜHRT. DIE WAREN DOCH SCHON IM LEBEN TOT.
DAS SCHICKSAL HAT SIE FÜR IHRE FEIGHEIT BESTRAFT UND ZUM ALLERLETZTEN GEMACHT ... ZOMBIES.

CLIC!
GLAUBT IHR, ICH HÄTTE ANGST VOR ZOMBIES?
MEIN LEBEN LANG WAREN MIR DUMPFE LANGWEILER ZUWIDER, UND HIER AUF AUFERSTEHUNG HASSE ICH EUCH DOPPELT!
POW POW!
POW
POW
ICH BIN EINE NOSFERATU! EURE KUGELN KÖNNEN MIR NICHTS ANHABEN!
MIT IHRER STUMPFHEIT MASKIEREN SIE IHRE SEELEN, UM SICH VOR RAUBTIEREN ZU SCHÜTZEN ...
... DAMIT SIE AM WASSERLOCH NICHT AUFFALLEN.
ABER AUF SOLCHES WASSER BIN ICH NICHT SCHARF.

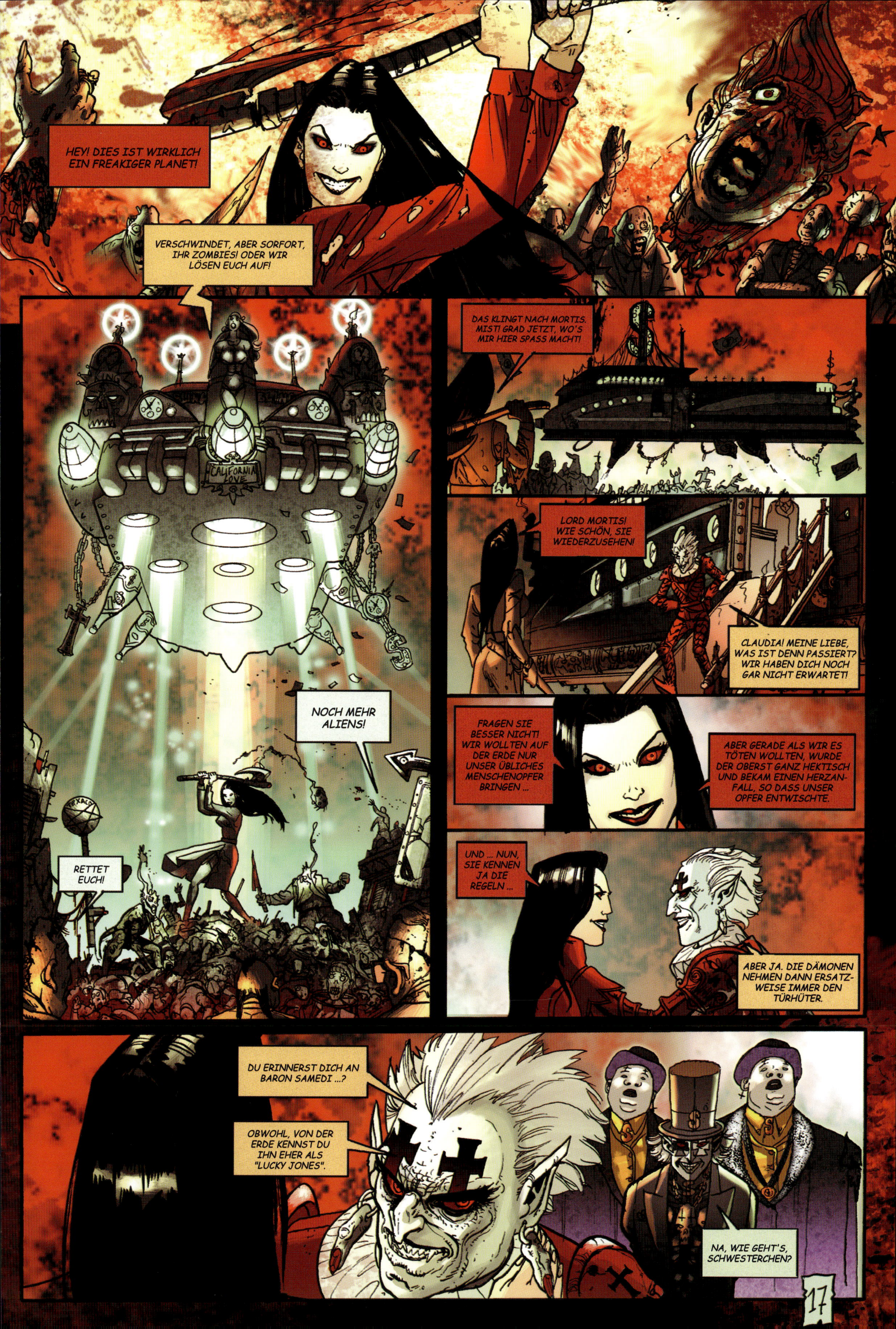
HEY! DIES IST WIRKLICH EIN FREAKIGER PLANET!
VERSCHWINDET, ABER SORFORT, IHR ZOMBIES! ODER WIR LÖSEN EUCH AUF!
NOCH MEHR ALIENS!
RETTET EUCH!
DAS KLINGT NACH MORTIS. MIST! GRAD JETZT, WO'S MIR HIER SPASS MACHT!
LORD MORTIS! WIE SCHÖN, SIE WIEDERZUSEHEN!
CLAUDIA! MEINE LIEBE, WAS IST DENN PASSIERT? WIR HABEN DICH NOCH GAR NICHT ERWARTET!
FRAGEN SIE BESSER NICHT! WIR WOLLTEN AUF DER ERDE NUR UNSER ÜBLICHES MENSCHENOPFER BRINGEN ...
ABER GERADE ALS WIR ES TÖTEN WOLLTEN, WURDE DER OBERST GANZ HEKTISCH UND BEKAM EINEN HERZANFALL, SO DASS UNSER OPFER ENTWISCHTE.
UND ... NUN, SIE KENNEN JA DIE REGELN ...
ABER JA. DIE DÄMONEN NEHMEN DANN ERSATZWEISE IMMER DEN TÜRHÜTER.
DU ERINNERST DICH AN BARON SAMEDI ...?
OBWOHL, VON DER ERDE KENNST DU IHN EHER ALS "LUCKY JONES".
NA, WIE GEHT'S, SCHWESTERCHEN?

ICH BIN NICHT DEINE SCHWESTER. VERPISS DICH.
KOMM MIR NICHT IN DIESEM TON, MÄDCHEN! HIER BIN ICH BARON UND VERLANGE RESPEKT!
ALS ICH IHN DAS LETZTEMAL SAH, HAT ER MICH BEI EINEM DROGENDEAL BESCHISSEN.
ICH HATTE EINEN BERG SCHULDEN. ICH BRAUCHTE DAS GELD. UND DU WARST REICHER ALS ICH.
ACH, UND DESHALB IST ES ERLAUBT, EINE FREUNDIN ZU BESTEHLEN?
OH, BRAVO! DEN AFFEN AUF DER SCHULTER BRAUCHST DU DANN SICHER NICHT MEHR.
NA NA! WIR SIND HIER JETZT ALLE VAMPIRE UND SOLLTEN UNS NICHT AN DIE GURGEL GEHEN! WOVON REDET IHR ÜBERHAUPT?
WAS HAB ICH MICH GEÄRGERT, DASS DIE ANDEREN DEALER DICH UMBRACHTEN. DEN SPASS HÄTTE ICH SELBST GERN GEHABT!
HÖR AUF, MICH ZU PROVOZIEREN, MÄDCHEN - ICH WARNE DICH!
VOR DIR HAB ICH KEINE ANGST, DU LUMP!
CLAUDIA, CLAUDIA! HIER IST ES GESETZ, UNSERE IRDISCHEN PROBLEME ZU VERGESSEN. NACH DEINER SCHULUNG BEI LORD CRYPTOS AUF DEM MOND WIRST DU DAS BESSER VERSTEHEN ...

SEHR ÜBERZEUGEND FUNKTIONIERT DIE WOHL NICHT. IHR WISST JA BEIDE NOCH, WER IHR SEID.
NATÜRLICH FUNKTIONIERT DIE NICHT GUT. WIR SIND NÄMLICH GESCHÖPFE DER DEKADENZ. DAHER ÜBERTRETEN WIR DAS GESETZ AUCH GERN.
ABER WENN UNS DIE VERGANGENHEIT PLAGT, NEHMEN WIR EINFACH EIN BISSCHEN SCHWARZES OPIUM ZUM VERGESSEN.
ACH, STIMMT ... AUF DER ERDE PFLEGTEN SIE MICH IN MEINEN TRÄUMEN ZU BESUCHEN UND MIR VON DEM FABELHAFTEN STOFF VORZUSCHWÄRMEN ...
RICHTIG. LORD CRYPTOS HAT DAMIT SEINE LEBENSZEIT INS UNENDLICHE AUSGEDEHNT. ER WIRD DICH ZUM VAMPIRRITTER AUSBILDEN.
UND WENN DU NACH AUFERSTEHUNG ZURÜCKKOMMST, SEHEN WIR UNS WIEDER.

WILLKOMMEN, CLAUDIA!
WILLKOMMEN AUF DER DUNKLEN SEITE DES MONDES.
HIER, IM SCHOSS DES TODES, WIRST DU IN DIE FURCHTBAREN GEHEIMNISSE DES NOSFERATU EINGEWEIHT.
ICH HABE VIEL VON DIR GEHÖRT. NICHT NÖTIG, DICH INS GÄSTEBUCH ZU SCHREIBEN. DU HAST JA SCHON DEINE SEELE VERSCHRIEBEN!
WIE GEHT'S DER ÜBERHAUPT? DEINER TOCHTER CARLY?
DANKE, BESTENS.
GEWÖHNLICH HABE ICH JA MEINE KINDER GLEICH NACH DER GEBURT GEOPFERT, ABER SIE WOLLTE ICH ZUR ABWECHSLUNG MAL BEHALTEN.
UND HAST DU SIE IN UNSCHULD GELASSEN? ODER AHNT SIE, WARUM DU SIE GROSS-GEZOGEN HAST?
NATÜRLICH NICHT. ICH HABE EINEN SPORTLICHEN TYP AUS IHR GEMACHT. VON ALLEM OKKULTEN HABE ICH SIE FERNGEHALTEN. NICHTMAL HOROSKOPE HAB ICH SIE LESEN LASSEN.
LIEBE CLAUDIA, WIE ENTZÜCKEND SCHLECHT DU BIST! WAS FÜR EIN VERGNÜGEN, DICH BEI UNS ZU HABEN.
SNIF!
SNIF!
SNIF! SNIF!
DANKE. ABER WAS MACHEN DIE DA?
ACH NICHTS, DIE BESCHNÜFFELN DICH NUR.
SNIF!
DAS SEH ICH AUCH. UND WOZU?
SIE LERNEN DICH KENNEN. FÜR DAS, WAS KOMMT.
HÖR MAL, DA IST EINE HEIKLE SACHE, DIE ICH MIT DIR BESPRECHEN MUSS ...

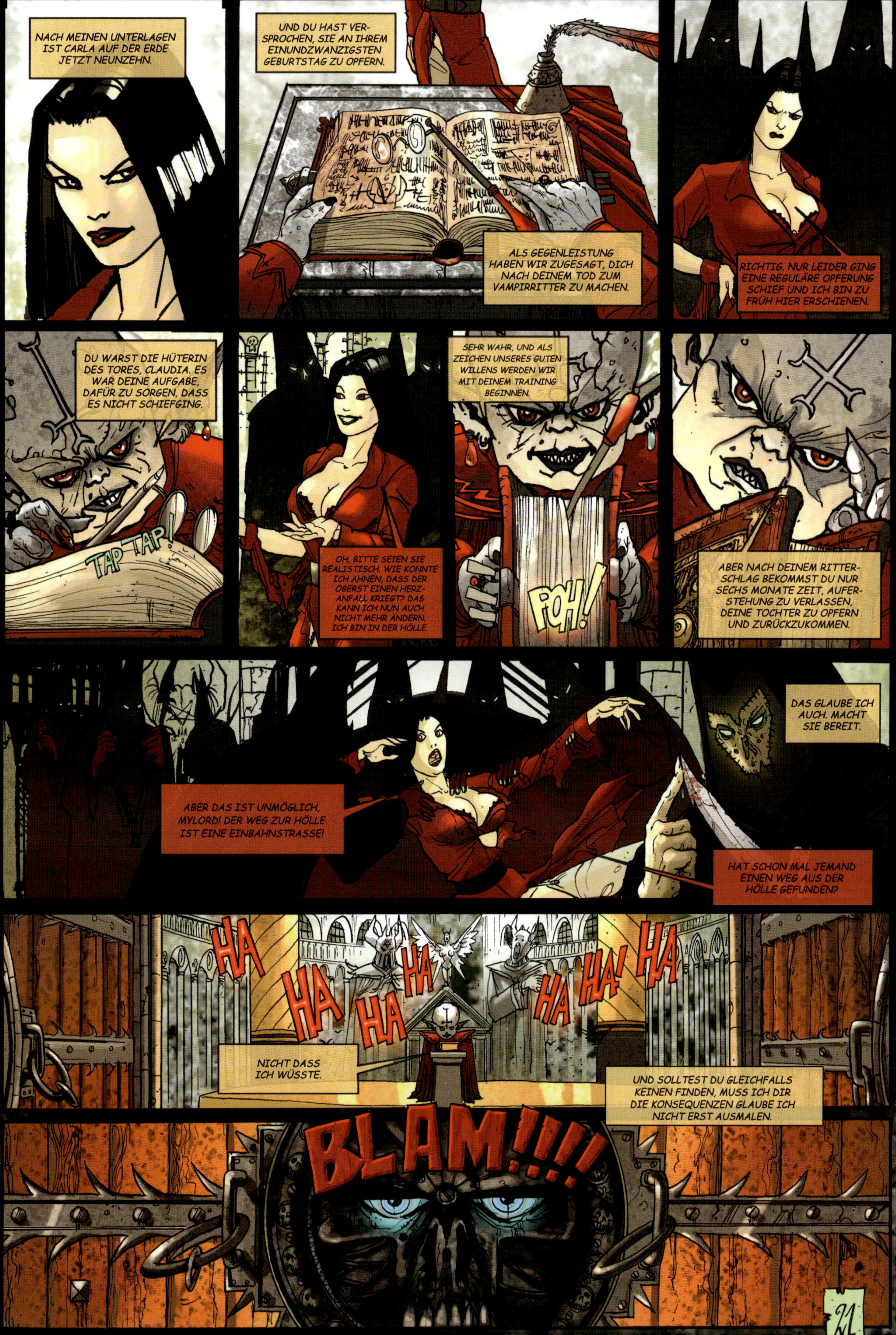

NACH MEINEN UNTERLAGEN IST CARLA AUF DER ERDE JETZT NEUNZEHN.
UND DU HAST VERSPROCHEN, SIE AN IHREM EINUNDZWANZIGSTEN GEBURTSTAG ZU OPFERN.
ALS GEGENLEISTUNG HABEN WIR ZUGESAGT, DICH NACH DEINEM TOD ZUM VAMPIRRITTER ZU MACHEN.
RICHTIG. NUR LEIDER GING EINE REGULÄRE OPFERUNG SCHIEF UND ICH BIN ZU FRÜH HIER ERSCHIENEN.
DU WARST DIE HÜTERIN DES TORES, CLAUDIA. ES WAR DEINE AUFGABE, DAFÜR ZU SORGEN, DASS ES NICHT SCHIEFGING.
TAP TAP!
OH, BITTE SEIEN SIE REALISTISCH. WIE KONNTE ICH AHNEN, DASS DER OBERST EINEN HERZANFALL KRIEGT? DAS KANN ICH NUN AUCH NICHT MEHR ÄNDERN. ICH BIN IN DER HÖLLE.
SEHR WAHR, UND ALS ZEICHEN UNSERES GUTEN WILLENS WERDEN WIR MIT DEINEM TRAINING BEGINNEN.
POH!
ABER NACH DEINEM RITTERSCHLAG BEKOMMST DU NUR SECHS MONATE ZEIT, AUFERSTEHUNG ZU VERLASSEN, DEINE TOCHTER ZU OPFERN UND ZURÜCKZUKOMMEN.
ABER DAS IST UNMÖGLICH, MYLORD! DER WEG ZUR HÖLLE IST EINE EINBAHNSTRASSE!
DAS GLAUBE ICH AUCH. MACHT SIE BEREIT.
HAT SCHON MAL JEMAND EINEN WEG AUS DER HÖLLE GEFUNDEN?
HA HA HA HA HA HA HA! HA
NICHT DASS ICH WÜSSTE.
UND SOLLTEST DU GLEICHFALLS KEINEN FINDEN, MUSS ICH DIR DIE KONSEQUENZEN GLAUBE ICH NICHT ERST AUSMALEN.
BLAM!!!!

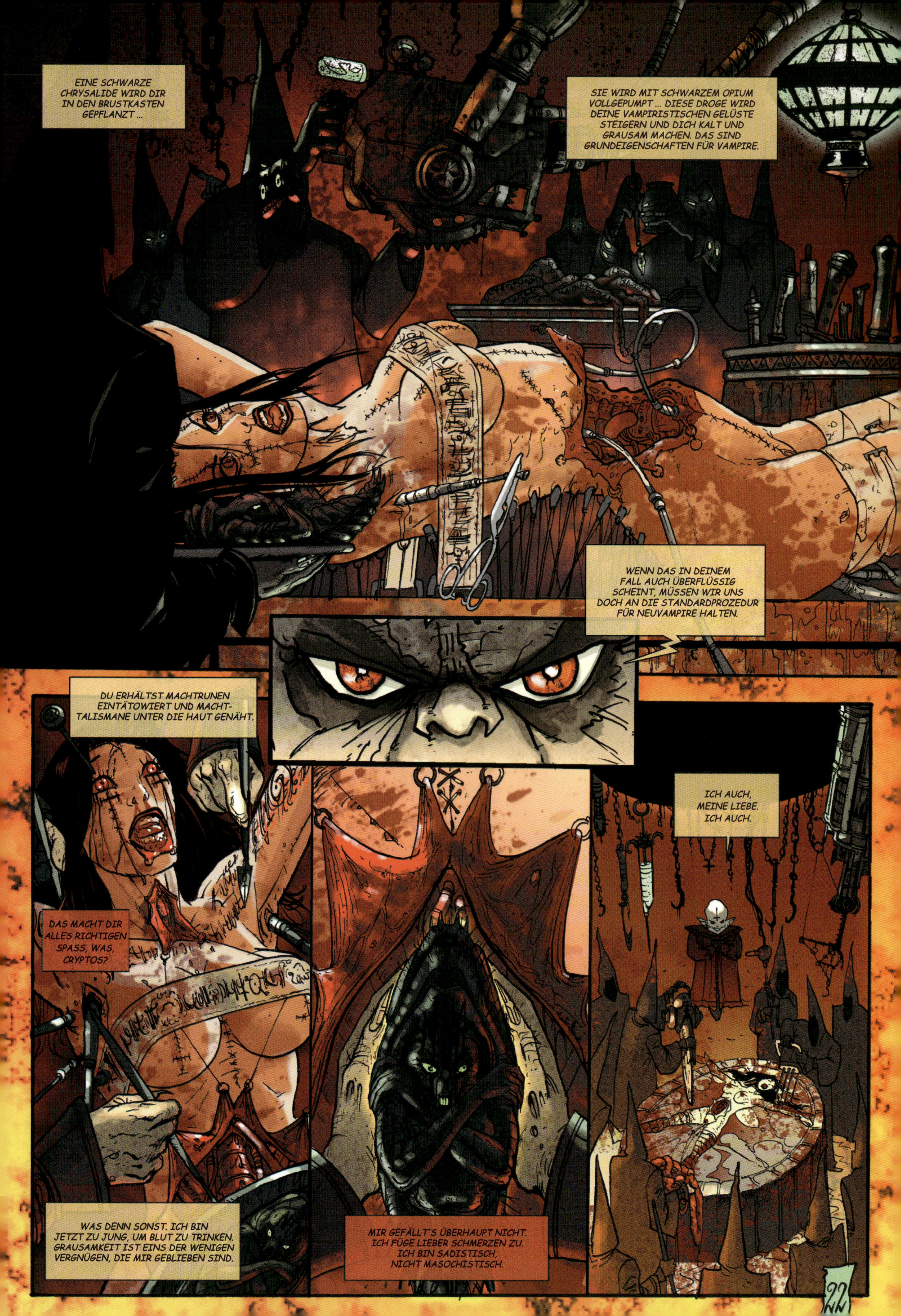
EINE SCHWARZE CHRYSALIDE WIRD DIR IN DEN BRUSTKASTEN GEPFLANZT ...
SIE WIRD MIT SCHWARZEM OPIUM VOLLGEPUMPT ... DIESE DROGE WIRD DEINE VAMPIRISTISCHEN GELÜSTE STEIGERN UND DICH KALT UND GRAUSAM MACHEN. DAS SIND GRUNDEIGENSCHAFTEN FÜR VAMPIRE.
WENN DAS IN DEINEM FALL AUCH ÜBERFLÜSSIG SCHEINT, MÜSSEN WIR UNS DOCH AN DIE STANDARDPROZEDUR FÜR NEUVAMPIRE HALTEN.
DU ERHÄLTST MACHTRUNEN EINTÄTOWIERT UND MACHT-TALISMANE UNTER DIE HAUT GENÄHT.
DAS MACHT DIR ALLES RICHTIGEN SPASS, WAS, CRYPTOS?
WAS DENN SONST. ICH BIN JETZT ZU JUNG, UM BLUT ZU TRINKEN. GRAUSAMKEIT IST EINS DER WENIGEN VERGNÜGEN, DIE MIR GEBLIEBEN SIND.
MIR GEFÄLLT'S ÜBERHAUPT NICHT. ICH FÜGE LIEBER SCHMERZEN ZU. ICH BIN SADISTISCH, NICHT MASOCHISTISCH.
ICH AUCH, MEINE LIEBE. ICH AUCH.

MEINE MEISTERMÖRDER WERDEN DIR UNSERE SPIRITUELLEN KAMPF-TECHNIKEN BEIBRINGEN. WIE MAN DIE RUNEN BENUTZT ...
DIE DUNKLE SEFIRAH MACHT DICH STARK UND SCHNELL UND VERLEIHT DIE FÄHIGKEIT, DICH AUF SENKRECHTEN FLÄCHEN ZU BEWEGEN.
SIE GIBT DIR MACHT ÜBER DIE BESTIEN.
AHLZORT THRON!
ABER NUR, WENN DU DEINE TECHNIK AUCH TRAINIERST.
UND DIE KRAFT, DICH SELBST IN EINE BESTIE ZU VERWANDELN.
WOBEI DIR DAS SCHWARZE OPIUM HILFT.
DU MUSST DIE 666 PRÜFUNGEN DES TODES-BAUMS BESTEHEN ...
NUR UNBESIEG-BARE VAMPIRE SIND DER FINSTERNIS WÜRDIG.
HT1357N
DU WIRST IN DEN GEHEIMNISSEN DES VAMPIRKAMASUTRA UNTER-WIESEN ... UND LERNST ALLE VER-SCHIEDENEN STELLUNGEN, IN DENEN MAN JEMANDEN BEISSEN KANN, UND SÄMTLICHE BEISSSTELLEN ...
... SOWIE DIE TECHNIK DES LIEBES-HASSES: SICH GEGENSEITIG ANZUSPUCKEN, BELEIDIGUNGS-LITANEIEN ZU BENUTZEN ...
DU MIESER DRECKIGER KÖTER!
DU ABSCHAUM VON EINER MUTTER!

UND WIE DU, WENN DU UNTER DER ERDE BEGRABEN BIST, ...
... AUS DEINEM SARG AUSBRECHEN ...
... UND DICH ZUM NACHBARN DURCHBOHREN KANNST, UM IHN AUSZUSAUGEN.
DREI MINUTEN. SCHON VIEL BESSER!
ZWEI JAHRE FRÜHER.
CLAUDIA CALDWELL, SCHWÖRST DU VOR DEN HERREN DER EWIGKEIT - DIE WAREN, SIND UND SEIN WERDEN - DIE GESETZE DER FINSTERNIS ZU RESPEKTIEREN ...? DIE WAHRHEIT DER NACHT ZU EHREN ... ?
ICH SCHWÖRE ES.

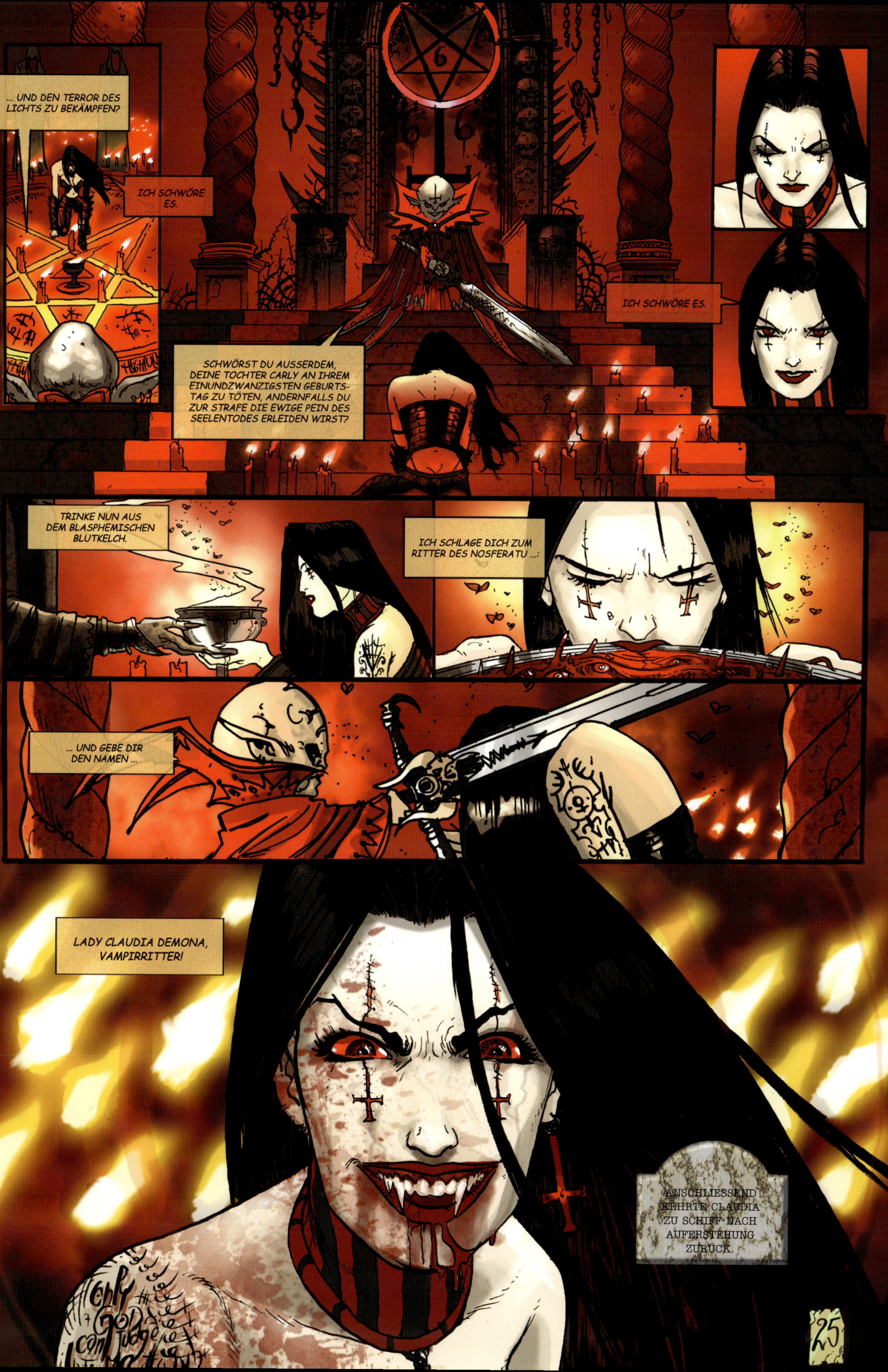

... UND DEN TERROR DES LICHTS ZU BEKÄMPFEN?
ICH SCHWÖRE ES.
SCHWÖRST DU AUSSERDEM, DEINE TOCHTER CARLY AN IHREM EINUNDZWANZIGSTEN GEBURTSTAG ZU TÖTEN, ANDERNFALLS DU ZUR STRAFE DIE EWIGE PEIN DES SEELENTODES ERLEIDEN WIRST?
ICH SCHWÖRE ES.
TRINKE NUN AUS DEM BLASPHEMISCHEN BLUTKELCH.
ICH SCHLAGE DICH ZUM RITTER DES NOSFERATU ...:
... UND GEBE DIR DEN NAMEN ...
LADY CLAUDIA DEMONA, VAMPIRRITTER!
ANSCHLIESSEND KEHRTE CLAUDIA ZU SCHIFF NACH AUFERSTEHUNG ZURÜCK.

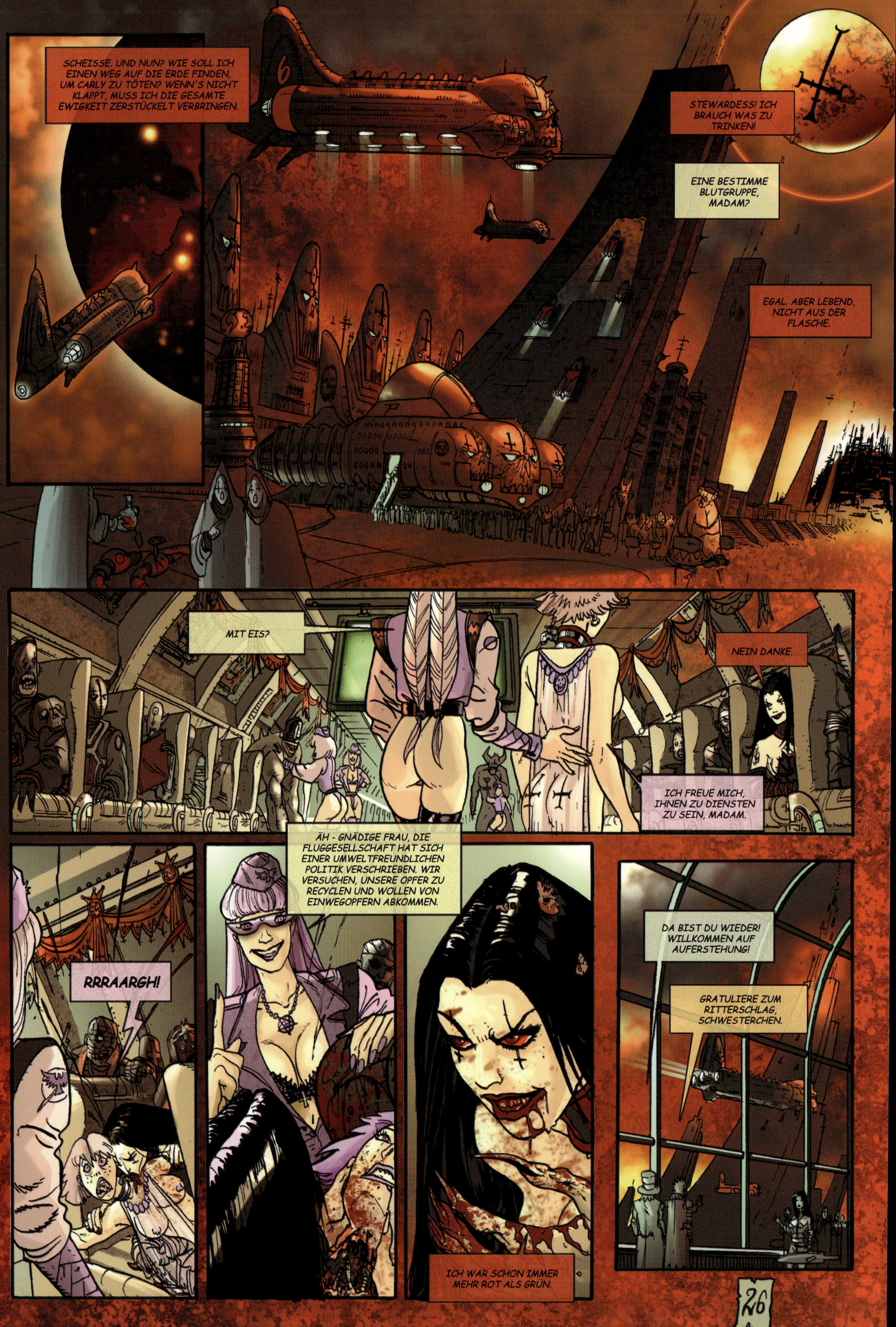
SCHEISSE. UND NUN? WIE SOLL ICH EINEN WEG AUF DIE ERDE FINDEN, UM CARLY ZU TÖTEN? WENN'S NICHT KLAPPT, MUSS ICH DIE GESAMTE EWIGKEIT ZERSTÜCKELT VERBRINGEN.
STEWARDESS! ICH BRAUCH WAS ZU TRINKEN!
EINE BESTIMME BLUTGRUPPE, MADAM?
EGAL. ABER LEBEND, NICHT AUS DER FLASCHE.
MIT EIS?
NEIN DANKE.
ICH FREUE MICH, IHNEN ZU DIENSTEN ZU SEIN, MADAM.
RRRAARGH!
ÄH - GNÄDIGE FRAU, DIE FLUGGESELLSCHAFT HAT SICH EINER UMWELTFREUNDLICHEN POLITIK VERSCHRIEBEN. WIR VERSUCHEN, UNSERE OPFER ZU RECYCLEN UND WOLLEN VON EINWEGOPFERN ABKOMMEN.
ICH WAR SCHON IMMER MEHR ROT ALS GRÜN.
DA BIST DU WIEDER! WILLKOMMEN AUF AUFERSTEHUNG!
GRATULIERE ZUM RITTERSCHLAG, SCHWESTERCHEN.

DANKE, BARON. NACH MEINER AUSBILDUNG BEI CRYPTOS KANN ICH DEINEN VERRAT ENDLICH AKZEPTIEREN ... JA, GEWISSERMASSEN SOGAR GENIESSEN.
DAS IST JETZT WIRKLICH VERGANGENHEIT.
ALLERLIEBSTE CLAUDIA, WENN ICH DIR TIEF IN DIE AUGEN BLICKE ... ICH SCHWÖRE, DA SEH ICH ...
NUN, MEIN HERR ...? WAS DENN ...?
DIE LODERNDSTEN FLAMMEN DER HÖLLE!
ACH, DAS IST WIRKLICH ZU LIEB VON DIR!
KOMM WEITER. DU WIRST JETZT ZUM TURM DER VERDAMMTEN REISEN UND DEINE UNTERKUNFT KENNENLERNEN.
DAS DORT IST UNSER SCHIFF.
ACH WAS, LASST UNS EIN BISSCHEN AUF ABENTEUER AUSZIEHEN. WIR NEHMEN DEN MITTERNACHTSBUS! DAS ERINNERT MICH AN MEINE WILDE JUGEND.
SEI NICHT ALBERN. WIR SIND VAMPIRE! WIR REISEN NICHT MIT DEN NIEDEREN KLASSEN WIE ZOMBIES, GHOULS, TROLLEN UND SOLCHEM PACK.
ABER ICH BRAUCH ETWAS ACTION! ICH HASSE ES, MICH ZU LANGWEILEN! NA LOS, JUNGS, KOMMT, STELLT EUCH NICHT AN!
STELLEN WIR UNS AN?
ALSO GUT.
GUTEN ABEND, VEREHRTE FAHRGÄSTE! ICH HEISSE BRUCE LEE. MANCHE NENNEN MICH AUCH BRUCE WILLIS. WEIL, WENN IRGEND EINER HIER IM BUS STUNK MACHT, KRIEGT ER DIE HARD, UND ZWAR WITH A VENGEANCE!
DON'T SPEAK TO THE DRIVER
27

WÄHREND DES AUFSTIEGS ERKLÄR ICH NOCHMAL DIE REGELN ... ERSTENS: EINEN ZU BEISSEN, EGAL WEN, IST AUF DIESER STRECKE ABSOLUT VERBOTEN. QUALITÄTSBLUT GIBT'S IM BUS ZU KAUFEN.
ZWEITENS: IM BUS HERUMRENNEN KOMMT NICHT IN FRAGE. VERTEILEN SIE SICH GLEICHMÄSSIG, WIR MÜSSEN DIE BALANCE HALTEN. ANDERNFALLS KÖNNTE DER MOTOR RAUSFALLEN.
HABEN DAS ALLE VERSTANDEN? SIND WIR UNS EINIG? ICH NEHME IHR SCHWEIGEN ALS ZUSTIMMUNG. ALLES KLAR.
SO EIN VERRÜCKTER SPINNER.
KEIN GRUND ZUR SORGE, WIR HABEN ZWEI MOTOREN. WENN EINER RUNTERFÄLLT, BRINGT UNS DER ANDERE IMMER NOCH SICHER ANS ZIEL.
DER HAT SIE WIRKLICH NICHT ALLE!
ICH SPINNE, JA? SOLL ICH IHNEN MAL ZEIGEN, WER HIER SPINNT? SETZEN SIE SICH LIEBER UND ENTSPANNEN SIE SICH.
DU MEINE GÜTE. ER HAT GAR KEINE AUGEN!
MACHT SIE DAS NERVÖS? KEINE AUFREGUNG, ICH KENN DIE ROUTE HAARGENAU, DIE FAHR ICH AUSWENDIG.
DAS GLAUBE ICH NICHT. TUN SIE DIE AUGEN WIEDER REIN!
WOLLEN SIE WETTEN, DASS ICH BLIND FAHREN KANN? ICH KANN'S NÄMLICH!

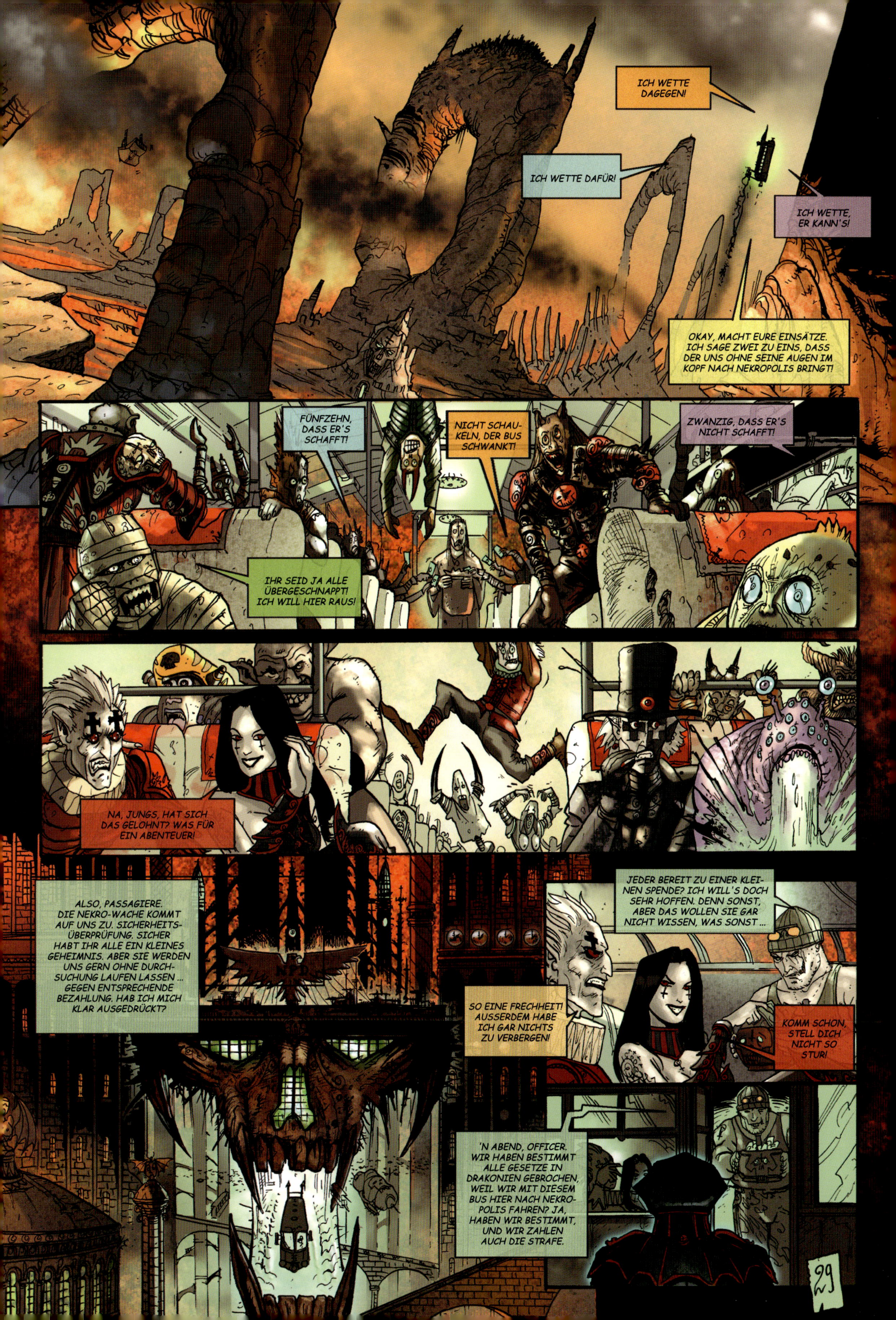

ICH WETTE DAGEGEN!
ICH WETTE DAFÜR!
ICH WETTE, ER KANN'S!
OKAY, MACHT EURE EINSÄTZE. ICH SAGE ZWEI ZU EINS, DASS DER UNS OHNE SEINE AUGEN IM KOPF NACH NEKROPOLIS BRINGT!
FÜNFZEHN, DASS ER'S SCHAFFT!
NICHT SCHAU-KELN, DER BUS SCHWANKT!
ZWANZIG, DASS ER'S NICHT SCHAFFT!
IHR SEID JA ALLE ÜBERGESCHNAPPT! ICH WILL HIER RAUS!
NA, JUNGS, HAT SICH DAS GELOHNT? WAS FÜR EIN ABENTEUER!
ALSO, PASSAGIERE. DIE NEKRO-WACHE KOMMT AUF UNS ZU. SICHERHEITS-ÜBERPRÜFUNG. SICHER HABT IHR ALLE EIN KLEINES GEHEIMNIS. ABER SIE WERDEN UNS GERN OHNE DURCH-SUCHUNG LAUFEN LASSEN ... GEGEN ENTSPRECHENDE BEZAHLUNG. HAB ICH MICH KLAR AUSGEDRÜCKT?
JEDER BEREIT ZU EINER KLEI-NEN SPENDE? ICH WILL'S DOCH SEHR HOFFEN. DENN SONST, ABER DAS WOLLEN SIE GAR NICHT WISSEN, WAS SONST ...
SO EINE FRECHHEIT! AUSSERDEM HABE ICH GAR NICHTS ZU VERBERGEN!
KOMM SCHON, STELL DICH NICHT SO STUR!
'N ABEND, OFFICER. WIR HABEN BESTIMMT ALLE GESETZE IN DRAKONIEN GEBROCHEN, WEIL WIR MIT DIESEM BUS HIER NACH NEKRO-POLIS FAHREN? JA, HABEN WIR BESTIMMT, UND WIR ZAHLEN AUCH DIE STRAFE.

KOMMT GANZ DRAUF AN, WAS IHR ZU BIETEN HABT.
MÖCHTEN SIE MEINEN BRUCE-LEE-GÜRTEL? NAJA, WOHL EHER NICHT. WIE WÄR'S MIT FÜNFHUNDERT?
IS'N ANGEBOT. UND SCHÖNEN AUFENTHALT IN NEKROPOLIS ALLERSEITS.
VIELEN DANK, OFFICER.
DAS IST JA UNGEHEUERLICH! ICH WERDE MICH IM HAUPTQUARTIER DER NEKROWACHE BESCHWEREN! DIE SICHERHEIT MUSS VERSCHÄRFT WERDEN! SCHLIESSLICH LÄUFT IN DER STADT EIN VAMPIRJÄGER FREI RUM, UND DIE POLIZEI LÄSST SICH EINFACH SO BESTECHEN!
EIN VAMPIRJÄGER?
JA. MAN NENNT IHN DEN SCHWARZEN PILGER. LEIDER WEISS KEINER, WIE DER VERDAMMTE KERL AUSSIEHT.
ER HAT LETZTENS MEHRERE HOCHRANGIGE NOSFERATUS ERMORDET UND ...
MOMENT - ERZÄHL MIR DAS SPÄTER! DA UNTEN IST GRAD DIE DRACULA-GALERIE! FAHRER! HALTEN SIE DA UND LASSEN SIE UNS RAUS!
HÄTTEN SIE EINEN PRIVATJET GENOMMEN, DER BRINGT SIE GENAU HIN, WO SIE WOLLEN. DIES HIER IST EIN PREISWERTER BUS, HIER SIND ALLE PASSAGIERE GLEICH. FÜR SIE GIBT'S DA KEINE AUSNAHME.

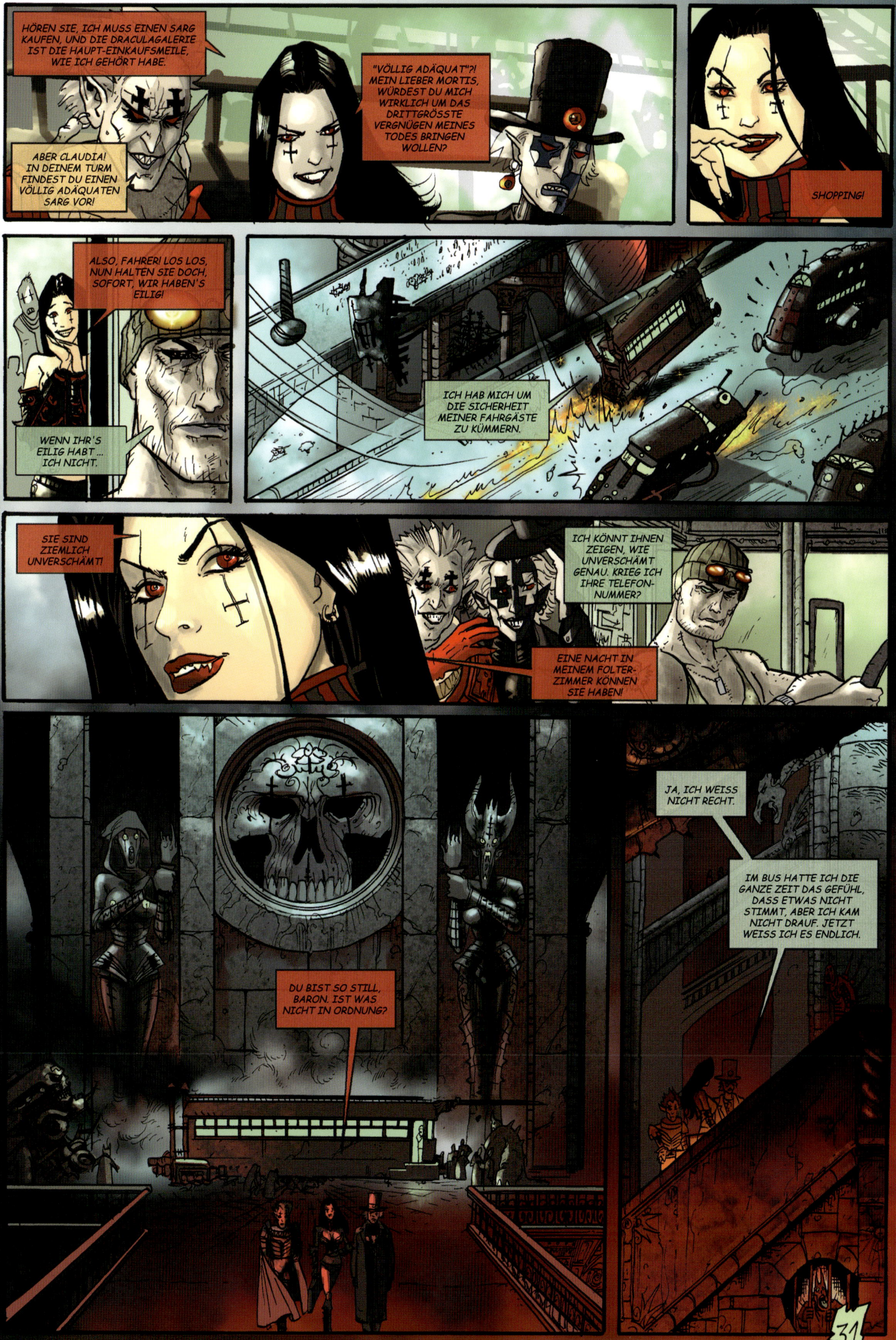
HÖREN SIE, ICH MUSS EINEN SARG KAUFEN, UND DIE DRACULAGALERIE IST DIE HAUPT-EINKAUFSMEILE, WIE ICH GEHÖRT HABE.
ABER CLAUDIA! IN DEINEM TURM FINDEST DU EINEN VÖLLIG ADÄQUATEN SARG VOR!
"VÖLLIG ADÄQUAT"?! MEIN LIEBER MORTIS, WÜRDEST DU MICH WIRKLICH UM DAS DRITTGRÖSSTE VERGNÜGEN MEINES TODES BRINGEN WOLLEN?
SHOPPING!
ALSO, FAHRER! LOS LOS, NUN HALTEN SIE DOCH, SOFORT, WIR HABEN'S EILIG!
WENN IHR'S EILIG HABT ... ICH NICHT.
ICH HAB MICH UM DIE SICHERHEIT MEINER FAHRGÄSTE ZU KÜMMERN.
SIE SIND ZIEMLICH UNVERSCHÄMT!
ICH KÖNNT IHNEN ZEIGEN, WIE UNVERSCHÄMT GENAU. KRIEG ICH IHRE TELEFON-NUMMER?
EINE NACHT IN MEINEM FOLTER-ZIMMER KÖNNEN SIE HABEN!
DU BIST SO STILL, BARON. IST WAS NICHT IN ORDNUNG?
JA, ICH WEISS NICHT RECHT.
IM BUS HATTE ICH DIE GANZE ZEIT DAS GEFÜHL, DASS ETWAS NICHT STIMMT, ABER ICH KAM NICHT DRAUF. JETZT WEISS ICH ES ENDLICH.

ES ROCH NACH LEBEN IM BUS.
HSSSSSSS!
NACH LEBEN? SEI NICHT ALBERN. WIR SIND ALLE TOT.
ACH, DU BIST SCHON SO LANGE TOT, DASS DU VERGESSEN HAST, WIE LEBENDIGES FLEISCH RIECHT!
DAS VERGISST MAN NIE ...
WIE SOLLTE EIN LEBENDER IN DEN BUS GEKOMMEN SEIN. UNMÖGLICH.
REGT EUCH AB, IHR BEIDEN. WIR GEHEN JETZT SHOPPEN!
32

HERODS! DIE TOP-ADRESSE FÜR VAMPIRBEDARF! ALLES FÜR DEN NOSFERATU!
HABEN SIE SCHWARZE LEDERSÄRGE AUS MENSCHENHAUT? MIT SOLIDEN INNENPOLSTERN BITTE, FÜR MEINEN RÜCKEN. GRÖSSE XXL, DAMIT AUCH MEIN OPFER BEQUEM PLATZ HAT.
BEDAURE SEHR, MADAM. DAS **ED-GUINE-MODELL** IST SO BELIEBT, DASS WIR ZUR ZEIT AUSVERKAUFT SIND.

DARF ICH IHNEN STATTDESSEN DEN TECHNO-SARG ZEIGEN? AUF KNOPFDRUCK VERSPRÜHT ER EAU D'HOMME-PARFÜM, DAMIT SIE GUT SCHLAFEN UND VON DEM TRÄUMEN, WAS SIE AM LIEBSTEN TUN ...
MIT DIREKTEN ZAPFLEITUNGEN FÜR FRISCHBLUT UND SCHWARZES OPIUM IM INNERN.
AUSSERDEM IST ER SELBSTREINIGEND UND ENTSORGT ALLE MAHLZEITRESTE VOLLAUTOMATISCH.
UND WOZU IST DIESER BILDSCHIRM?
DAMIT KÖNNEN SIE IHR OPFER AUS DEN VERSCHIEDENEN ARTEN WÄHLEN, TROLLE, LEMUREN, WAS SIE WOLLEN. SIE DRÜCKEN AUF DEN SCHIRM UND WÄHLEN IHR TÄGLICHES MAHL.
HÖRT SICH GUT AN. ABER ZEIGEN SIE MIR NOCH ANDERE. VIELLEICHT ETWAS DAMENHAFTER, ETWAS RAFFINIERTER ... ETWAS GESCHMACKVOLLES. VIELLEICHT DEN HIER? WAS HAT DER FÜR EINE AUSSTATTUNG?
AH, ABER JA, MADAM ... SCHWARZE ROSE. DIE SCHÖNSTE BLUME VON ALLEN. DER WÜRDE IHNEN AUSGEZEICHNET STEHEN.
OH, DANKE. ER IST WIRKLICH SEHR HÜBSCH.
ER HAT SCHWARZES SEIDENFUTTER, SCHMINKSPIEGEL, PLATZ FÜR IHREN KOSMETIKKOFFER UND EIN HAARTEIL.
JA, SEHR SCHÖN, DOCH. ABER VIELLEICHT ETWAS ZU MÄDCHENHAFT. ICH BIN EINE FRAU, VERSTEHEN SIE, ICH BRAUCHE ETWAS REIFERES. NICHT GANZ SO FLIPPIG.
ICH VERSTEHE, MADAM ... DA HÄTTEN WIR DEN DRACULA SPECIAL ZU BIETEN, MIT TRANSSYLVANISCHER IMPORTERDE ...
AH JA, DER SINN LEUCHTET MIR EIN. ABER DAS IST MIR ZU UNORDENTLICH. MEIN SARG MUSS STIL HABEN UND SAUBER SEIN UND RAFFINIERT UND ELEGANT. ICH LEGE GROSSEN WERT AUF DIESE BEIDEN GRUNDEIGENSCHAFTEN.
VIER GRUNDEIGENSCHAFTEN, UM GENAU ZU SEIN, MADAM.

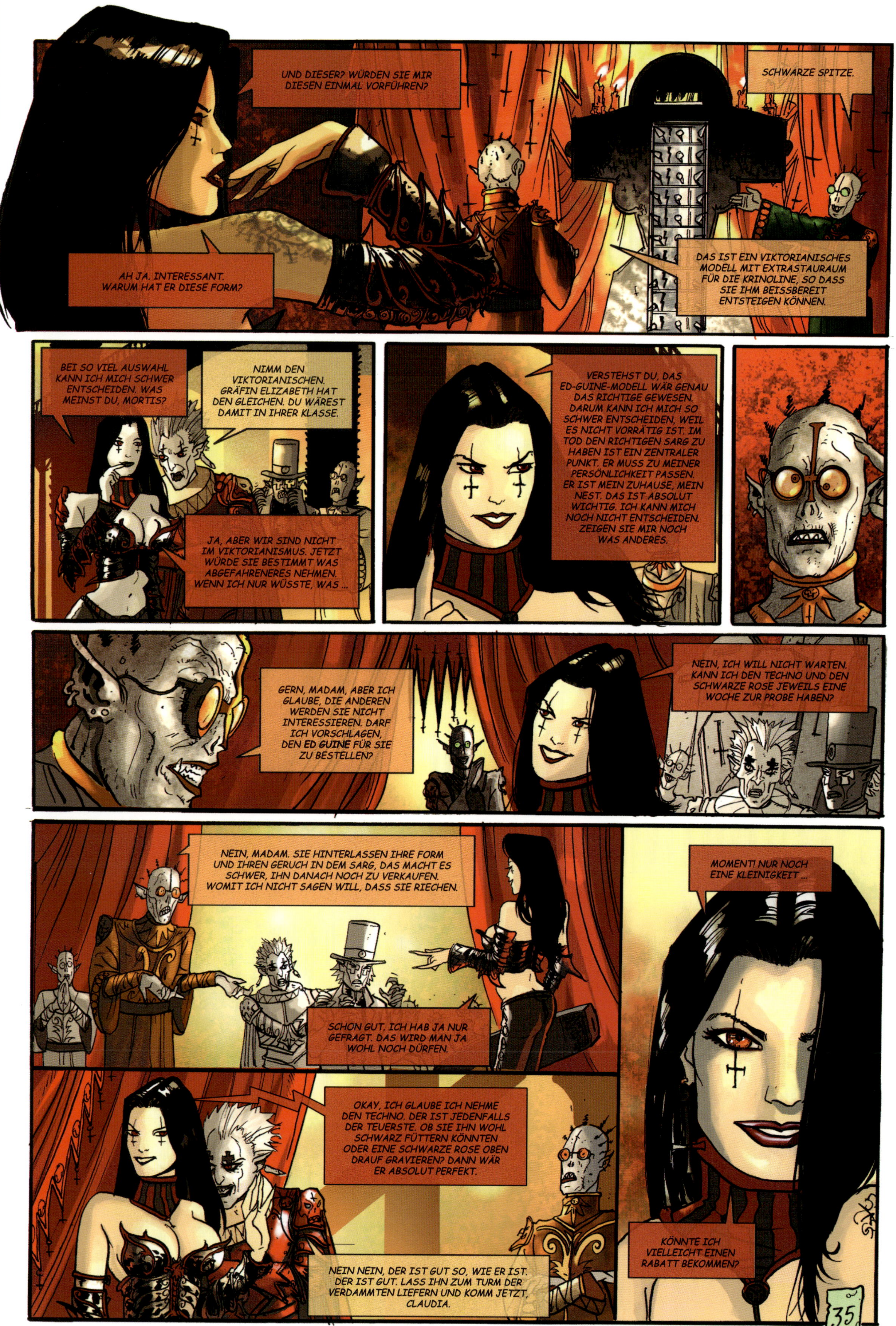

UND DIESER? WÜRDEN SIE MIR DIESEN EINMAL VORFÜHREN?
SCHWARZE SPITZE.
AH JA. INTERESSANT. WARUM HAT ER DIESE FORM?
DAS IST EIN VIKTORIANISCHES MODELL MIT EXTRASTAURAUM FÜR DIE KRINOLINE, SO DASS SIE IHM BEISSBEREIT ENTSTEIGEN KÖNNEN.
BEI SO VIEL AUSWAHL KANN ICH MICH SCHWER ENTSCHEIDEN. WAS MEINST DU, MORTIS?
NIMM DEN VIKTORIANISCHEN. GRÄFIN ELIZABETH HAT DEN GLEICHEN. DU WÄREST DAMIT IN IHRER KLASSE.
JA, ABER WIR SIND NICHT IM VIKTORIANISMUS. JETZT WÜRDE SIE BESTIMMT WAS ABGEFAHRENERES NEHMEN. WENN ICH NUR WÜSSTE, WAS ...
VERSTEHST DU, DAS ED-GUINE-MODELL WÄR GENAU DAS RICHTIGE GEWESEN. DARUM KANN ICH MICH SO SCHWER ENTSCHEIDEN, WEIL ES NICHT VORRÄTIG IST. IM TOD DEN RICHTIGEN SARG ZU HABEN IST EIN ZENTRALER PUNKT. ER MUSS ZU MEINER PERSÖNLICHKEIT PASSEN. ER IST MEIN ZUHAUSE, MEIN NEST. DAS IST ABSOLUT WICHTIG. ICH KANN MICH NOCH NICHT ENTSCHEIDEN. ZEIGEN SIE MIR NOCH WAS ANDERES.
GERN, MADAM, ABER ICH GLAUBE, DIE ANDEREN WERDEN SIE NICHT INTERESSIEREN. DARF ICH VORSCHLAGEN, DEN ED GUINE FÜR SIE ZU BESTELLEN?
NEIN, ICH WILL NICHT WARTEN. KANN ICH DEN TECHNO UND DEN SCHWARZE ROSE JEWEILS EINE WOCHE ZUR PROBE HABEN?
NEIN, MADAM. SIE HINTERLASSEN IHRE FORM UND IHREN GERUCH IN DEM SARG, DAS MACHT ES SCHWER, IHN DANACH NOCH ZU VERKAUFEN. WOMIT ICH NICHT SAGEN WILL, DASS SIE RIECHEN.
SCHON GUT. ICH HAB JA NUR GEFRAGT. DAS WIRD MAN JA WOHL NOCH DÜRFEN.
OKAY, ICH GLAUBE ICH NEHME DEN TECHNO. DER IST JEDENFALLS DER TEUERSTE. OB SIE IHN WOHL SCHWARZ FÜTTERN KÖNNTEN ODER EINE SCHWARZE ROSE OBEN DRAUF GRAVIEREN? DANN WÄR ER ABSOLUT PERFEKT.
NEIN NEIN, DER IST GUT SO, WIE ER IST. DER IST GUT. LASS IHN ZUM TURM DER VERDAMMTEN LIEFERN UND KOMM JETZT, CLAUDIA.
MOMENT! NUR NOCH EINE KLEINIGKEIT ...
KÖNNTE ICH VIELLEICHT EINEN RABATT BEKOMMEN?

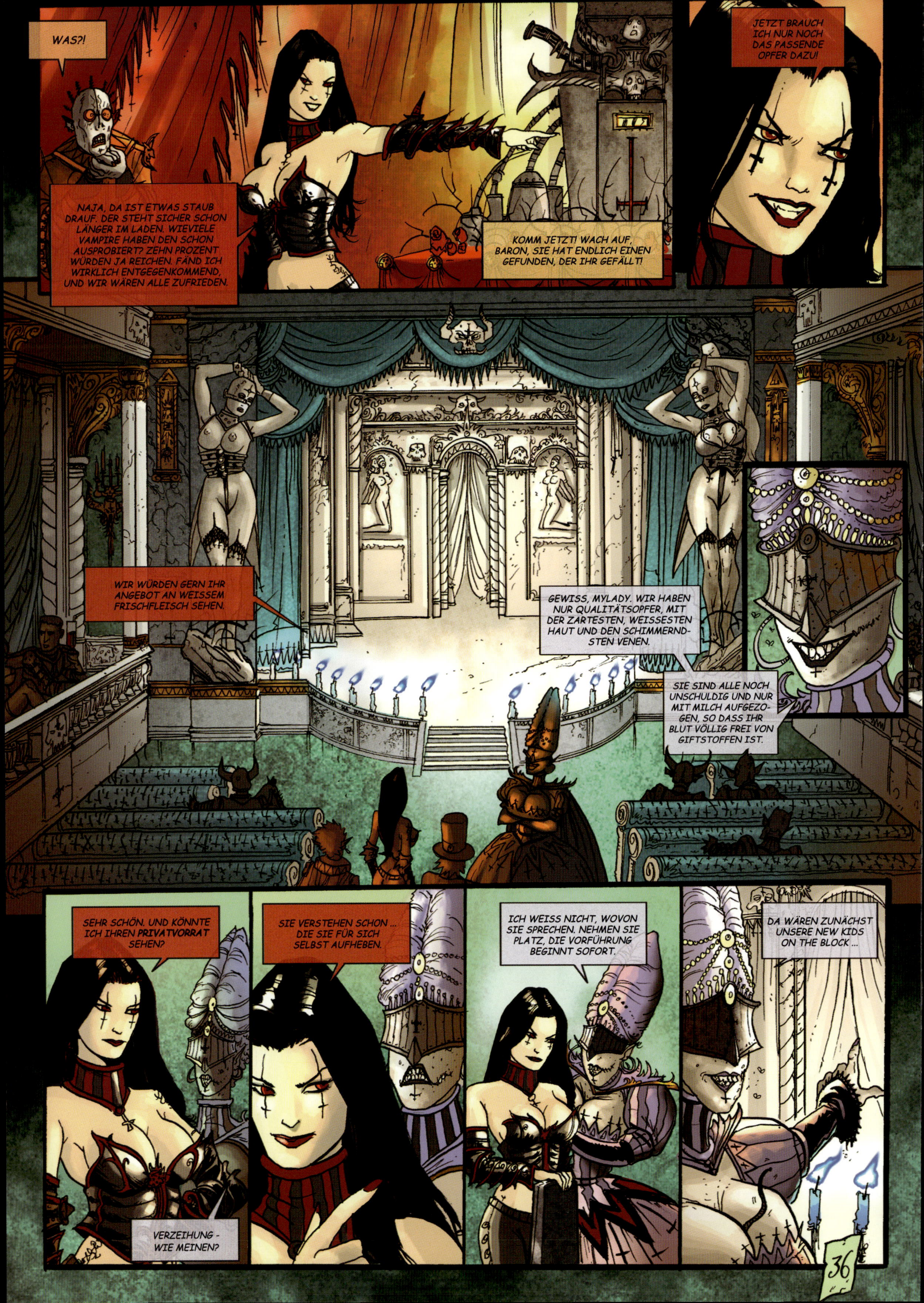

WAS?!
NAJA, DA IST ETWAS STAUB DRAUF. DER STEHT SICHER SCHON LÄNGER IM LADEN. WIEVIELE VAMPIRE HABEN DEN SCHON AUSPROBIERT? ZEHN PROZENT WÜRDEN JA REICHEN. FÄND ICH WIRKLICH ENTGEGENKOMMEND, UND WIR WÄREN ALLE ZUFRIEDEN.
KOMM JETZT! WACH AUF, BARON, SIE HAT ENDLICH EINEN GEFUNDEN, DER IHR GEFÄLLT!
JETZT BRAUCH ICH NUR NOCH DAS PASSENDE OPFER DAZU!
WIR WÜRDEN GERN IHR ANGEBOT AN WEISSEM FRISCHFLEISCH SEHEN.
GEWISS, MYLADY. WIR HABEN NUR QUALITÄTSOPFER, MIT DER ZARTESTEN, WEISSESTEN HAUT UND DEN SCHIMMERNDSTEN VENEN.
SIE SIND ALLE NOCH UNSCHULDIG UND NUR MIT MILCH AUFGEZOGEN, SO DASS IHR BLUT VÖLLIG FREI VON GIFTSTOFFEN IST.
SEHR SCHÖN. UND KÖNNTE ICH IHREN PRIVATVORRAT SEHEN?
VERZEIHUNG - WIE MEINEN?
SIE VERSTEHEN SCHON ... DIE SIE FÜR SICH SELBST AUFHEBEN.
ICH WEISS NICHT, WOVON SIE SPRECHEN. NEHMEN SIE PLATZ, DIE VORFÜHRUNG BEGINNT SOFORT.
DA WÄREN ZUNÄCHST UNSERE NEW KIDS ON THE BLOCK ...
36

NICHT SO TOLL. DA GAB'S AUF DER ERDE BESSERE.
DIE NECKRO-FILLES ... MIT HALSVERLÄNGERUNGSRINGEN FÜR EINE GRÖSSERE BEISSFLÄCHE.
AHA, UND WIE MACHT MAN DIE AB?
NEIN, DAS IST MIR ZUVIEL FUMMELEI.
UND JETZT UNSERE SPITZEN-IMPORT-QUALITÄT ...
M-HM, GUTE FIGUR. GEILES EIGHT-PACK. UND SCHNUCKELIGER ...
... HINTERN. NEHME ICH. SCHICKEN SIE IHN MIR ZUM TURM.
AH, ENDLICH!
37

ACH, KÖNNTEN WIR NOCH GANZ KURZ IN DIE SCHMUCK-ABTEILUNG? ICH MÖCHTE MIR SCHNELL NOCH SILBERNE KRALLEN UND EINEN STACHELRING KAUFEN.
WOZU DENN DAS?
ZU MEINEM SCHUTZ. FALLS MICH JEMAND ANGREIFT. ICH MUSS AUF MICH AUFPASSEN.
KEINER, DER BEI VERSTAND IST, WÜRDE DICH JE ANGREIFEN! WIR GEHEN JETZT. KOMM
HE! WARTET DOCH! SEID NICHT SO GEMEIN. WAS IST LOS MIT EUCH KERLEN?
ES IST DOCH BLOSS UM DIE ECKE, WIR MÜSSEN DANN NICHT NOCHMAL HIERHER.
NEIN, CLAUDIA!
KUTSCHE! KUTSCHE!
WARUM NEHMEN WIR NICHT DIESE?
DIE IST NICHT FREI.
ABER MIR TUN VON ALL DEM HERUMLAUFEN DIE FÜSSE WEH. AUSSERDEM IST SIE GROSS GENUG. UND ICH WOLLTE SCHON IMMER IN EINER GOLDENEN KUTSCHE FAHREN.
NEIN. DIE IST FÜR STEFAN DRACULA RESERVIERT, EINEN DER SÖHNE DES GRAFEN.
OH, STEFAN-DARLING, WAS FÜR EIN HERRLICHER RING. ICH WERDE MICH ERKENNTLICH ZEIGEN.
KEINE SORGE, DAZU WIRST DU GELEGENHEIT HABEN.
STUFE.
TIEFER. LECK DEN BODEN!
38

HACH, ICH WOLLTE SCHON IMMER EINEN DRACULA KENNEN-LERNEN.
NEIN, CLAUDIA! EINEM SO HOCHRANGIGEN NOSFERATU MUSS MAN FORMELL VORGESTELLT WERDEN.
JA, SIEHT SO AUS.
ACH, VERZEIHEN SIE, MYLORD, ICH FÜRCHTE, ICH HABE MEINEN SCHAL IN IHREM WAGEN LIEGENLAS-SEN. DÜRFTE ICH EINMAL NACHSEHEN?
WENN'S SEIN MUSS ... BEEILUNG BITTE.
TAUSEND DANK! ICH BIN NEU IN DER STADT, MIR WAR NICHT KLAR, DASS DIES EIN PRIVATFAHRZEUG IST ... ICH BIN MANCHMAL ETWAS KOPFLOS.
ICH HAB GERN KOPFLOSE IN MEINEM SARG.
OH-OH! KÖSTLICH! ICH BIN SICHER, SIE HABEN EINEN GANZ GROSSEN.
ER IST LANG UND BREIT, UND MIT EINER MENGE SPIEL-SACHEN.
KLINGT VERLOCKEND. GEHEN WIR!
UND WAS IST MIT IHR?
KANN HIER IN DER GOSSE BLEIBEN.
NEIN! BITTE NICHT, STEFAN! ICH LIEBE DICH DOCH SO SEHR!
IST DER SÜNDER BEREIT, DIE QUALEN DER HÖLLE ZU ERLEIDEN? ICH DENKE, DER SÜNDER IST BEREIT, DIE QUALEN DER HÖLLE ZU ERLEIDEN.
BIN ICH BEREIT, IHN ZU RETTEN? JA, ICH BIN BEREIT, IHN ZU RETTEN, OH HERR.
WIE ICH DIE HEXEN VOR GERICHT IN SALEM UND NEW GIPPESWICK ERRETTET HABE.

WERDE ICH, DER DEMÜTIGE PILGER AUS DER WELT DER LEBENDEN, DEN AUFTRAG DES HERRN ERFÜLLEN?
JA, ICH BIN DER AUSERWÄHLTE. ICH WERDE DEN AUFTRAG DES HERRN ERFÜLLEN.
WIRD ER BRENNEN, WIE ICH SO VIELE SÜNDER AUF ERDEN VERBRANNT HABE? JA, ER WIRD BRENNEN.
GOTT SEGNE DICH!
STEFAN! GELIEBTER! NEIN!
VERDAMMT! ES IST AUS MIT MIR!
RÄCHE MICH! RÄCHE MICH!
OH STEFAN! DAS WERDE ICH, LIEBE MEINES TODES! ICH KANNTE DICH NUR SO KURZ, ABER ES WAR ETWAS BESONDERES!
DAS KANN UNS NIEMAND MEHR NEHMEN, MEIN GELIEBTER!

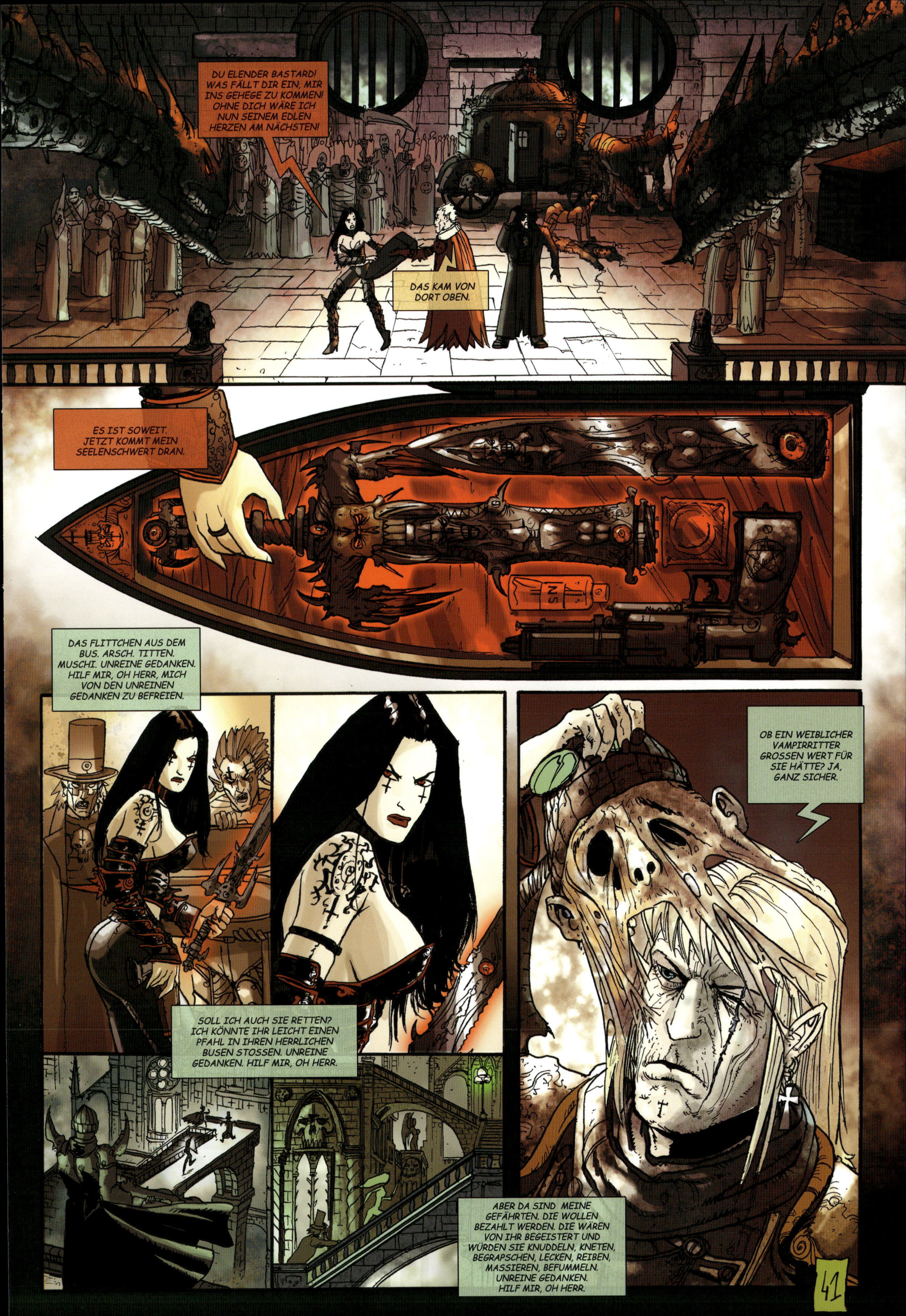
DU ELENDER BASTARD! WAS FÄLLT DIR EIN, MIR INS GEHEGE ZU KOMMEN! OHNE DICH WÄRE ICH NUN SEINEM EDLEN HERZEN AM NÄCHSTEN!
DAS KAM VON DORT OBEN.
ES IST SOWEIT. JETZT KOMMT MEIN SEELENSCHWERT DRAN.
DAS FLITTCHEN AUS DEM BUS. ARSCH. TITTEN. MUSCHI. UNREINE GEDANKEN. HILF MIR, OH HERR, MICH VON DEN UNREINEN GEDANKEN ZU BEFREIEN.
OB EIN WEIBLICHER VAMPIRRITTER GROSSEN WERT FÜR SIE HÄTTE? JA, GANZ SICHER.
SOLL ICH AUCH SIE RETTEN? ICH KÖNNTE IHR LEICHT EINEN PFAHL IN IHREN HERRLICHEN BUSEN STOSSEN. UNREINE GEDANKEN. HILF MIR, OH HERR.
ABER DA SIND MEINE GEFÄHRTEN. DIE WOLLEN BEZAHLT WERDEN. DIE WÄREN VON IHR BEGEISTERT UND WÜRDEN SIE KNUDDELN, KNETEN, BEGRAPSCHEN, LECKEN, REIBEN, MASSIEREN, BEFUMMELN. UNREINE GEDANKEN. HILF MIR, OH HERR.

WIRST DU MICH VERFOLGEN, SAFTIGE AUSTER, ZARTER KNOPF, STROTZENDER HINTERN? UNREINE GEDANKEN. HILF MIR, OH HERR. DIR BLEIBEN NUR NOCH WENIGE MINUTEN. GOTT SEGNE DICH.
WO VERSTECKST DU DICH, DRECKIGER SCHEISSKERL?
EINE MASKE ... DAS WAR DER BUSFAHRER!
SIE RIECHT NACH LEBEN! BARON SAMEDI HATTE RECHT!
ER MUSS DER SCHWARZE PILGER SEIN! DA UNTEN!
ICH WERDE DIR DEN LEBENSSAFT BIS ZUM LETZTEN TROPFEN AUSLUTSCHEN!
MICH LEGST DU NICHT NOCHMAL REIN!
42

WEISST DU, WAS DICH IN DER UNTERWELT ERWARTET, VERSCHWITZTER, SCHREIENDER, KLEBRIGER SPRITZER? UNREINE GEDANKEN. MACH DICH AUF DIE FREUDEN VON HELL'S KITCHEN GEFASST ...
REG DICH NICHT AUF, WEIL DU ZU DELICATES-SEN WIRST. WEICH, FEUCHT, ELASTISCH, UNREINE GEDANKEN.
WO STECKST DU, PILGER?
OKAY, JUNGS ... HIER KOMMT DIE HEUTIGE SPEISEKARTE: SCHINKEN IM SPARGELKRANZ. FRAU AM SPIESS. PUTENBRUST MIT BAMBUS UND COUS-COUS. KRABBE IN FRISCH GEPRESSTEM ROTZ. SCHAUMKÜSSE MIT FRISCHEM SCHMODDER GEFÜLLT.
KLINGT GUT. KRIEG ICH 'N EXTRASCHUSS EXTRA-VERGINE-ÖL?
KLAR, ICH TU 'NE JUNGFRAU IN DIE EISERNE JUNGFRAU.
ABER WAS HABEN WIR DENN HIER NOCH? HEISSE-HEXEN-LENDE IM KOMMEN. FEINSTE BRUSTSPITZEN IN SPUCKE UND SCHWEISS MARINIERT, GUT ABGELECKT UND DURCHGEKNETET.

NETTE BEUTE, PILGER ... DU KANNST DANN JETZT GEHEN.
DANKE, MISTER MARTINI.
DIE SIND HOFFENTLICH NICHT AUS SILIKON. ICH BIN ECHTER FLEISCHFRESSER.
HAST DU DEINE SCHINKENHÄFTEN SCHON VORGEKOCHT? ODER MUSS GROZNY PORK DAS ERST MACHEN?
WAS FÜR 'NE SCHÖNHEIT! ENDLICH JEMAND, DER MICH KÜSST UND MIR DEN EITER ABLECKT ...
RRRRRRRRMMMMPFFF...
WILLKOMMEN, MEINE SÜSSE. FÜR DICH FAHR ICH DOCH DIREKT ...
... VON SELBST AUS MEINER HAUT ...
WAS QUATSCHT IHR DEGENERIERTEN ARSCH-LÖCHER DA? GLAUBT IHR IM ERNST, IHR HABT EINE CHANCE? ODER HABT IHR EUCH SCHON EINGESCHISSEN?
DEIN HINTERN HÖRT SICH BESSER AN. DREH DICH UM UND ZEIG UNS DEINE SCHO-KOLADENSEITE.
WEG, E. RECTUM! ICH DARF ZUERST REIN!
ACH, ABER SONST WOLLT IHR NICHTS? HOSEN RUNTER! HABT IHR DA ÜBERHAUPT WAS DRIN?
44

DU DRECKIGE NUTTE! WAS FÄLLT DIR EIN?
DU MÖCHTEGERNKERL! WIR WISSEN DOCH ALLE, WIE DU'S ZUM VAMPIRRITTER GEBRACHT HAST!
DU HAST DICH RAUFGESCHLAFEN! SCHWANZ FÜR SCHWANZ FÜR SCHWANZ!
WAS WEISST DU DENN SCHON? DU FINDEST JA NICHTMAL MEHR DEINEN HONIGTOPF.
AN DIR MACH ICH MIR MEINE REISSZÄHNE NICHT SCHMUTZIG.
CONN O'SEWER. LICE. APOLLO SEX. DRAGO ...
ICH GLAUBE, ES IST ZEIT, DIE SCHLAMPE IN DIE MANGEL ZU NEHMEN.

PUH, STINKT DAS HIER!
VERSCHWINDE!
HEY, JUNGE QUARKTASCHE! SEI DIE MUTTER MEINER BABIES!
GIB MEINEN KLEINEN EIN ZUHAUSE!
DIR SIND WOHL DEINE EIER ANGEBRANNT!
ZEIT ZUM PFÄHLEN!
DAS IST EIN KINDERSPIEL MIT EUCH. EINMAL TIEF LUFT HOLEN UND IHR SEID VERDUNSTET!

MELK MICH, BABY!
SPIESS MICH AUF!
BAH, IHR SCHMUDDELIGES GESINDEL! IHR HABT WEDER STIL NOCH KLASSE!
UND NUN, IHR SCHWANZWEDLER - KOMMEN WIR MAL ZUR SACHE.
want
SEX
fais-toi des vieilles
au téléphone
DIE HAKEN.
DAS KREUZ.
VIBRATOR.
HERZSPALTER.
WO IST DER ... AH, DER CLOWN VERSTECKT SICH MAL WIEDER.
KAMERAS!
BELEUCHTUNG!
ACTION!
she wants
SEX

JETZT WIRD DIE SCHLAMPE GESCHLITZT!
JETZT WIRD DIE SCHLAMPE GESCHLITZT!
JETZT WIRD DIE SCHLAMPE GESCHLITZT!
JETZT WIRD DIE SCHLAM- PE GE- SCHLITZT!
JETZT WIRD DIE SCHLAMPE GESCHLITZT!
JETZT WIRD DIE SCHLAMPE GESCHLITZT!
FORTSETZUNG FOLGT.

Pat Mills • Franck Tacito
CLAUDIA - 1. Die Pforten der Hölle

Originaltitel: Claudia 1 - La porte des enfers
KULT EDITIONEN
Wuppertal 2006
Druck: SAF - Tiskarna Koper, Slowenien